AF348211

LETTRE

A

M. Victor Hugo.

PARIS, IMPRIMERIE DE GAULTIER-LAGUIONIE,
Rue de Grenelle-St-Honoré, 55.

LETTRE

A

M. Victor Hugo,

SUIVIE D'UN PROJET

DE CHARTE ROMANTIQUE.

PARIS,

CHEZ LANDOIS ET BIGOT, LIBRAIRES,

SUCCESS. DE P. DUPONT, RUE DU BOULOI, N° 10.

1830.

J'ai cru long-temps que ce qu'on appelle romantisme n'était que déraison, et que, par cela
même, il était facile de se faire écrivain romantique. J'avais lu et relu, d'une part, les ouvrages
littéraires qui depuis un siècle ou plus sont en
possession de l'admiration générale, et j'avais

persisté à les trouver beaux. J'avais médité, d'autre part, les œuvres de quelques écrivains de notre époque, qui s'intitulent la Jeune France; j'avais bien reconnu, par ci par là, surtout dans vos écrits, quelques idées peu communes, quelques tours de phrase piquants, quelques expressions neuves et partant originales; mais je confesse que je les trouvais là, comme dans les productions des autres *jeunes Francais*, vos imitateurs ou vos rivaux, en bien mauvaise compagnie. Cela me faisait exactement l'effet de deux ou trois personnages richement vêtus, qui font tache au milieu d'une foule couverte des haillons de la misère. Enfin, j'avoue que je mettais une sorte d'obstination à voir dans les auteurs qui ont illustré le dix-septième et même le dix-huitième siècle, abondance, richesse, luxe de génie; et, dans ceux qui prétendent régénérer le dix-neuvième, quelques étincelles de ce feu sacré, rares, inattendues, et qui ne brillent qu'instantanément comme pour mieux faire ressortir la pauvreté, l'obscurité, le néant de cette littérature nouvelle dont le siècle des lumières, bon gré mal gré, doit s'enorgueillir.

Mais, j'ai lu la lettre, en manière de préface, que vous avez eu la condescendance de coudre aux charmantes poésies du jeune Dovalle, mort sans avoir le brevet de poète romantique, et aussi la préface d'Hernani, qui n'est que la répétition et le développement de la précédente. Cette lecture a commencé en moi une conversion que des réflexions lentes et profondes ont achevée.

J'éprouve d'abord le besoin de vous en rendre graces, et puis le vif désir de me fortifier dans cette honorable apostasie, en vous soumettant les principes de ma nouvelle croyance, et en vous suppliant de me dire si j'ai bien compris cette importante Préface aux poésies de Dovalle, déterminé que je suis à la prendre dès ce moment pour mon évangile littéraire.

Dans cette préface une grande pensée m'a frappé de prime abord : « Le romantisme n'est que le libéralisme en littérature. » Cet axiome a été comme un trait lumineux qui m'a fait embrasser, d'un seul coup-d'œil, des choses que jusqu'alors je n'avais fait qu'entrevoir dans les ténèbres. Le voilà donc trouvé, me suis-je dit, le mot de cette difficile énigme ! Avec ce mot tout devient clair, tout, depuis la conception première d'un ouvrage romantique, jusqu'à son miraculeux succès! Libéralisme littéraire! Qui ne sera pas comme moi converti par la magie de ces paroles ? A part quelques vieux entêtés qui tiennent encore pour l'ancien régime politique, et *conséquemment* pour l'ancien régime en littérature, où sont les jeunes hommes, au nombre desquels j'ai encore l'avantage de compter, qui ne se prononceront pas sur-le-champ pour le régime nouveau, avec ses incommensurables conséquences? Il faudrait n'être pas de son siècle.

Et ne pensez pas, Monsieur, que cette conviction soit, chez moi, aveugle ou irréfléchie. J'ai compris toute la portée de cet axiome, base du colossal édifice romantique; j'ai vu toute la profondeur de cette belle pensée qui domine dans la Préface aux poésies de Dovalle, et je veux, pour coopérer au grand œuvre autant qu'il est en moi de le faire, démontrer que l'admiration de la jeune France pour la littérature libérale, est raisonnée autant que raisonnable, et qu'en nous faisant romantiques nous sommes loin de céder à un fol entraînement; nous sommes, pour cela, beaucoup trop graves, beaucoup trop *logiques*, selon votre heureuse expression.

« Un grand mouvement, avez-vous dit, un
« vaste progrès s'accomplit dans l'art. Ce mou-
« vement n'est qu'une conséquence naturelle,
« qu'un corollaire immédiat de notre grand
« mouvement social de 1789. C'est le principe
« de liberté qui, après s'être établi dans l'état,
« et y avoir changé la face de toute chose, pour-
« suit sa marche, passe du monde matériel au
« monde intellectuel, et vient renouveler l'art
« comme il a renouvelé la société. »

O lumineux rapprochement, d'où la vérité jaillit brillante et victorieuse ! Cette révolution de 1789, par qui nous sommes tous légalement égaux ; par qui le plus humble citoyen, et qu'on ne croie pas que je raille en un tel sujet, marche coude à coude avec un duc et pair ; par qui le simple paysan a pu devenir, et est devenu, pos-sesseur du champ qu'il arrosait jadis de sueurs stériles pour lui ; par qui, enfin, des milliers d'hommes auxquels le droit de propriété sem-blait être interdit sont devenus tout-à-coup pro-priétaires ; cette révolution, dis-je, s'opère maintenant dans le domaine de l'esprit comme elle s'opéra jadis dans le domaine territorial; et de même que nous avons vu naître et se développer, parmi les premiers bienfaits de cette grande crise sociale, la petite propriété foncière, nous voyons éclore aujourd'hui..... la *petite propriété littéraire.*

Il est vrai qu'en nous reportant vers cette époque mémorable, nous voyons des hommes forts par leur raison, grands par leur énergie, en même temps qu'ils détruisaient l'aristocratie nobiliaire, proclamer éternelle et indestructible une autre aristocratie, celle du talent. Mais, en cela, ils payaient leur tribut à la faiblesse humaine; ils étaient encore sous le charme de l'ancienne gloire littéraire de la France, et prenaient ce qu'on appelle une demi-mesure.

Et de quel droit, en effet, un homme aurait-il plus de génie que d'autres ? Demandez à M. Jacotot ce qu'il en pense. Pourquoi souffrir que quelques réputations, grandies à travers les siècles, dominent à perpétuité la république des lettres ? Ce mot de république, si justement employé ici, n'indique-t-il pas qu'une parfaite égalité doit régner entre tous les membres qui la composent ? Qu'on se rappelle ce fier républicain abattant, dans son jardin, les têtes de pavots qui dépassaient les autres, et l'on en conclura avec justesse que Racine et d'autres aristocrates littéraires sont *trop grands de la tête*, comme dit Don Carlos en parlant du duc de Lutzelbourg, dans votre admirable drame d'Hernani.

L'égalité, une honnête médiocrité de fortune, voilà les dons précieux dont la révolution politique de 1789 a doté, ou voulu doter, tous les Français; le but de la révolution littéraire de 1830 doit être le même; et à l'exemple des hordes généreuses qui écrivirent jadis sur leurs drapeaux : « Guerre aux châteaux, paix aux chaumières, » nous devons écrire sur les nôtres : « Guerre au génie, paix à la médiocrité ».

Mais, ce n'est pas tout. Avec cette égalité, qui serait mortelle si ce n'était qu'une égalité de servitude, il nous faut une liberté absolue. Il faut que l'imagination, ame de toute littérature, ne soit contrainte par aucune règle, par aucune loi, qu'elle reste maîtresse de parcourir les plus basses comme les plus hautes régions de la pensée, et qu'elle s'essaye tour à tour, ou en même temps si cela lui plaît, sur les sublimités

les plus sublimes et les trivialités les plus triviales. Voilà pour le fond. Quant à la forme, il
nous faut même latitude : en prose, plus de
signification précise dans les mots, plus de choix
dans les figures, plus de nombre et d'harmonie
dans la phrase; en vers, outre ces réformes ra-
dicales, plus de césure, force enjambemens et,
partant, plus de rhythme, plus d'euphonie. Ce
sont là de puériles entraves dont l'esprit doit
enfin se débarrasser. La pensée, voilà tout; la
pensée libre de tout lien, belle de son indépen-
dance et de sa nudité native. Vous l'avez dit,
Monsieur, « la liberté dans l'art, la liberté dans
« la société, voilà le double but auquel doivent
« tendre d'un même pas tous les esprits consé-
« quens et logiques.... La liberté littéraire est
« fille de la liberté politique. »

Quelques gens, il est vrai, qui ne se contentent
pas seulement des mots, et qui ont la manie de
regarder au fond des choses, ont la bouche
ouverte pour nous dire que cette liberté, telle
que je viens de la dépeindre, et telle qu'elle paraît dans vos écrits, ressemble à s'y méprendre
à ce qu'on appelle licence. Mais ce sont là discours de l'ancien régime littéraire auxquels « il

« est difficile quelquefois de ne pas sourire, si
« sérieux que l'on soit, » selon un autre passage
de notre Préface, empreint d'une mansuétude
et d'une bonhomie charmantes.

C'est encore dans la catégorie de ces discours
de l'ancien régime littéraire qu'il faut ranger les
épigrammes de ces bonnes gens qui ont vu dans
notre susdite Préface que « la révolution de l'art
« a ses cauchemars comme l'autre a eu ses écha-
« fauds, » que cependant « Byron et Maturin doi-
« vent faire moins peur que Marat et Robespierre, »
et qui se permettent de dire, ces bonnes gens
dont je parle, que les cauchemars non plus que les
échafauds ne sont pas choses si désirables pour
qu'on les préconise tant ; que nous n'en sommes
encore qu'aux cauchemars, malgré cette admiration qu'on veut nous imposer pour Hernani,
et qu'enfin M. Hugo est bien maladroit de se
comparer, directement ou indirectement, à ce
Robespierre qui détruisit sans reconstruire, à
moins qu'il n'aime mieux se comparer à Napoléon, comme semblerait l'indiquer un autre passage du nouvel Évangile que je sais maintenant
par cœur ; ce qui serait aussi vrai que modeste.

Je vous demande pardon, Monsieur, pour la

longueur de cette dernière phrase qu'on pourrait à bon droit, dans le vieux langage, appeler
du nom de période; la faute en est à ces froids
raisonneurs, un peu verbeux quand ils glosent
sur votre compte. Mais laissons cela.

Or donc, nous voilà libres, nous voilà égaux,
nous voilà petits propriétaires..., nous tous qui
ne possédions rien dans ce vaste domaine de
la littérature. L'entreprise était rude : il ne
fallait rien moins que détrôner le génie, in-
troduire dans ses temples un nouveau culte,
renverser avec nos petits bras les statues de
grands hommes dont la mémoire se perpé-
tuait depuis trop long-temps, et grimper sur
leurs piédestaux pour les remplacer, malgré la
différence de taille. Mais, que ne peut l'ardeur
entreprenante de niveleurs de quinze à vingt ans,
aidés de la robuste assistance de quelques hommes qui, pour avoir comme moi passé l'âge,
n'en sont que plus âpres à regagner le temps
perdu, et à se régaler des débris du grand festin
littéraire dont les chefs-d'œuvre passés, mis en
lambeaux, retournés, et accommodés à toute
sauce, font seuls les frais. Et, pour parler sans
métaphore, quelle douce récompense pour un

peu de peine! Pouvoir, au sortir du collége, ou sans y avoir jamais été, devenir littérateur par un acte instantané de sa volonté, et sans qu'il faille autre chose, pour cela, qu'un peu de cette imagination dont les trois quarts et demi des hommes sont pourvus ; pouvoir prendre la plume comme on prendrait le rabot ou la navette, et faire de la prose et des vers aussi bien qu'on ferait une mortaise ou de la toile d'emballage, ce qui est un talent comme un autre ; enfin, sans travail, sans connaissance ou observation des règles consacrées, sans le secours même de cette *influence secrète*, de ce feu sacré que défunt Boileau croyait indispensable aux poètes, pouvoir jeter sur le papier, et ensuite au nez du public, des phrases sans rime et sans raison, parmi lesquelles se trouveront, par aventure, quelques pensées qui auront figure humaine, et cela pour constater qu'on existe et qu'on prend possession d'un petit terrain, fût-il le plus fangeux de tous, dans la république des lettres dont on tient à se faire citoyen ; il faut convenir que c'est fort agréable.

Et cependant faut-il, ô douce égalité ! que tu ne sois jamais qu'une chimère ? A peine les hommes ont-ils goûté tes charmes, à peine ont-ils brisé toute loi et joui de cette liberté, ta compagne inséparable, qu'ils ne savent déjà plus qu'en faire. Une antique habitude d'esclavage, une sorte de besoin d'être dominés les inquiète, les tourmente sans relâche ; et, après avoir détrôné leurs anciens maîtres, ils s'en donnent de nouveaux. C'est ainsi, ô grand Victor Hugo ! qu'on vous a fait roi de la république romantique, comme autrefois Napoléon fut fait empereur de la république française. Mais hélas ! on a confondu les rôles : on a oublié la distinction que vous avez vous-même établie entre le destructeur et le restaurateur de la monarchie.

Ainsi je pensais naguère ; mais, à présent transfuge du camp classique, je n'en suis que plus dévoué aux intérêts de votre gloire, comme il arrive aux renégats dans toutes les religions. C'est aujourd'hui que je *m'enca-marade* ; je prends pour devise ce vers mémorable que vous connaissez :

Oui, de ta suite, ô roi, de ta suite, j'en suis.

Et pour gagner mes éperons, je veux vous faire

part en confidence de ce qu'on dit dans les re-
tranchemens ennemis.

On dit :

Que l'espérance d'une gloire facile s'est em-
parée de jeunes cerveaux mal organisés, et que
les nouvelles doctrines littéraires, par lesquelles
ils prétendent remplacer les anciennes, n'an-
noncent qu'une ambitieuse impuissance ;

Que certains de ne pouvoir égaler les grands
modèles qui ont fait voir jusqu'où le génie peut
atteindre, ils ont cherché les moyens de faire
autrement, et surtout d'une manière plus commode ;

Que ces grands modèles les importunant, ils
ont dû s'efforcer d'abord de ternir leur éclat,
sauf à voir ensuite s'ils pourraient faire briller
quelque autre chose à la place ;

Qu'à force de manœuvres plus ou moins
adroites, et avec l'aide d'une imperturbable assurance, ils sont parvenus à imposer à une
partie du public, surtout aux femmes et aux
enfans ; mais que les gens qui ne se rendent
pas aux argumens de ce genre n'ont fait qu'en
rire ;

Que les ouvrages d'esprit, en définitive, ne

sont pas de fabrication facile, et que ce n'est
pas matière pour toute espèce d'ouvriers;

Qu'il faut un choix dans les matériaux et des
règles pour leur emploi;

Que c'est pitié de prendre la peine d'écrire
tout ce qui passe par la tête, sans choix ni règles aucunes;

Qu'avec cette méthode il est à parier que le
dernier manouvrier qui dicterait ne sachant
écrire, rencontrerait, comme ces messieurs,
deux ou trois choses passables, au milieu d'un
fatras d'absurdités;

Que pourtant tout le système romantique
n'est que le développement de cette admirable
méthode;

Qu'en conséquence, pour ce qui est de la
pensée, matière première d'une œuvre littéraire, il est contre nature qu'elle soit toujours
guindée dans les hautes régions de l'intelli-
gence, et qu'elle doit au contraire, selon le
caprice de l'imagination, passer au même in-
stant des images les plus relevées aux images
les plus communes, parce que cela est naturel;

Qu'en conséquence encore, pour ce qui est

du style, de la forme de la pensée, on ne doit s'occuper, ni en vers, ni en prose, d'un arrangement convenable des mots, et qu'il faut les prendre comme ils viennent, sans s'inquiéter de construction grammaticale, de prosodie ni d'euphonie; et cela toujours parce que c'est naturel.

On dit de plus que tout ce naturel ne suffisant pas, les romantiques ont appelé l'étrange à leur aide, puis l'horrible à l'aide de l'étrange, puis le dégoûtant à l'aide de l'horrible, jusqu'au dernier degré de turpitude possible;

Que, pour prouver en outre qu'ils sont inventeurs, et partant originaux, ils ont résolu d'imiter les anciens auteurs français, au temps de notre barbarie, et aussi les anciens auteurs étrangers, ce qui est une singulière manière de prétendre à l'originalité;

Enfin, que malgré ces imitations d'œuvres indigènes ou exotiques, qui ne leur appartiennent pas, et malgré les misérables créations qui leur appartiennent, ils croient avoir inventé tout.... même le génie.

Voilà les opinions que je partageais alors que mes yeux étaient encore fermés à la lumière;

opinions que je n'hésite pas à abjurer aujour-
d'hui, comme fit autrefois le classique Galilée
pour son système planétaire. Certes, il était plus
romantique de croire que tout tourne autour
de la terre, que de penser que la terre tourne
autour du soleil, ainsi que certaines gens autour
du sens commun ; et Galilée fit bien de se convertir, comme vous savez.

Il faut faire confession entière, quand on
veut, selon l'expression des saintes écritures,
dépouiller le vieil homme , et embrasser une
nouvelle vie. Je suivrai le précepte dans toute
sa rigueur. Je pensais encore pis que tout cela,
Monsieur, et quoiqu'il puisse vous être peu
agréable d'entendre l'aveu de pareilles er-
reurs, j'espère que vous daignerez cependant
les écouter sans colère. Vous me demanderez
peut-être pourquoi je ne vais pas conter mes
péchés à d'autres. C'est par la raison toute
simple qu'il vaut mieux s'adresser au bon Dieu
qu'à ses saints.

Voici donc ce que je pensais. Choqué d'a-
bord de l'audace et du déréglement d'esprit de
ceux qui venaient brusquement insulter mes
dieux ; dégoûté des informes ébauches par les-

quelles ils prétendaient remplacer des chefs-
d'œuvre où le génie s'est manifesté sous toutes
les formes, je m'étais dit aussi : ce n'est pas la
force, c'est l'impuissance qui conduit ces gens-là
à secouer le joug des règles. Si cette marche n'est
pas bonne, on ne peut nier du moins qu'elle ne
soit plus commode. Mais, messieurs, on ne va
point commodément à la gloire. La facilité et
la médiocrité sont sœurs jumelles, et si c'est
à elles que vous brûlez d'offrir vos hommages,
les faveurs que vous en obtiendrez ne sont pas
faites pour exciter l'envie.

Qu'avez-vous fait en vers? qu'avez-vous-fait
en prose (ce n'est point à vous personnellement,
Monsieur, que je m'adressais en parlant ainsi,
mais bien à la tourbe romantique qui vous re-
connait pour chef)? Faudra-t-il perpétuellement
comparer vos génies à ces longues envies d'é-
ternuer qui ne sont suivies d'aucun effet, et qui
laissent le cerveau aussi embarrassé qu'aupara-
vant? Sommes-nous donc encore réduits, après
tant de fracas, de brigues et de forfanteries, à
admirer.... les œuvres que vous ferez? Pourtant,
ni le temps ni les moyens ne vous ont manqué.
Vous avez produit, les libraires ont acheté vos

feuillets au poids de l'or ; les journaux vous
ont célébrés ; les ignorans et les gens superficiels
vous ont admirés ; la beauté, un peu crédule de
son naturel, vous a tressé des couronnes ; et
tout cela, pour quelques romans qui n'ont d'autre
attrait qu'une dégoûtante horreur ; pour des
poésies où la boursouflure et la trivialité des
pensées, la fausseté et l'incohérence des images,
disputent à la fois avec la barbarie et l'étrangeté
de l'expression ; pour des drames où, à part les
qualités que je viens d'énumérer, les règles de
l'art sont impudemment violées, sans qu'il naisse
aucune beauté de ce viol impuissant, et sans
qu'on y puisse voir le moindre avantage, si ce
n'est celui de mettre l'auteur à son aise. On ne
saurait trop le redire et de trop de manières :
le secret de tout cela, c'est la faiblesse et le
besoin de faciles succès.

Qu'on ne pense pas, me disais-je, que ce
ne soit ici que vaines paroles et phrases décla-
matoires. Sans doute il est de bonne et loyale
guerre de joindre, en pareil cas, les preuves à
l'appui des allégations, et de montrer comme
quoi la critique est juste et fondée ; mais cela
est-il toujours possible ? et ne peut-il pas arriver

qu'il soit au-dessus des forces et de la patience
ordinaires de faire une critique de détail, à l'é-
gard de vingt ouvrages où les choses bonnes
ou passables sont étouffées sous des milliers
d'extravagances volontaires ou involontaires. Il
ne faudrait cependant pas, ajoutais-je dans mon
aveuglement, en porter le défi; car il sera toujours facile à quiconque voudra s'en donner la
peine, de prendre une à une les sublimités de
ces messieurs, et de les mettre, avec l'aide du
goût, de la raison et de l'inflexible logique, si
bas qu'elles ne s'en releveront jamais.

Ce n'est donc pas, me disais-je encore, dans
cette guerre d'escarmouche qu'un homme de
bon sens peut s'engager aujourd'hui. Entre-
prendre de donner la chasse aux fautes sans
nombre qui passent pour des beautés dans les
odes, les ballades, les poésies de tout genre
dont se targuent les écrivains romantiques, ce
serait tirer sa poudre aux moineaux. Tout cela
est jugé en dernier ressort par quelques mots
prononcés au sein de l'Académie française : « Ces
« écrivains, a dit l'orateur chargé de répondre à
« M. de Barante (*séance du* 20 *novembre* 1828),
« croient donner par des inversions étranges et

« des acceptions détournées, un air de nouveauté
« à des idées communes. » Et, sans chercher
de trop nombreux et trop concluans exemples,
que peut gagner le génie aux inversions prosaïques du Bourgeois-gentilhomme : « Belle marquise ou marquise belle », et aux enjambemens
plus prosaïques encore des Gentilshommes-
bourgeois de la poésie ? Quel fruit retirera notre
langue, honorée et parlée chez tous les peuples,
d'un détournement d'acception presque toujours inutile, et le plus souvent ridicule ? Au-
rons-nous un titre de plus à l'admiration des
philologues français ou étrangers, quand nous
aurons introduit dans notre langage et dans
nos écrits « un style *limpide*, au lieu d'un style
clair (*Figaro*, 12 *février*). Rien de si facile
qu'un pareil travestissement de mots, et c'est,
en grande partie, cette impropriété de termes
qui passe dans nos modernes poésies pour du
nouveau et de l'original. Malheureusement ce
n'est ni l'un ni l'autre, car presque tous nos ri-
meurs des 15ᵉ et 16ᵉ siècles sont pleins de ce *pseu-
dologisme*. Excusez si je fais un mot nouveau;
c'est pour me mettre à la hauteur de la matière.

Mais, si je passais rapidement sur ces œuvres

d'un jour, qui ne doivent point avoir de lendemain, je m'attaquais un peu plus sérieusement
aux productions théâtrales, à ces ouvrages de
première ligne, où les règles de l'art sont surtout indispensables. Ce n'était pas à Hernani
que j'en voulais, dans mon ardeur belliqueuse,
car il n'était pas encore né, mais à tout drame
irrégulier ; et c'est par des généralités, toutes
puissantes selon moi, que je prétendais les
battre en ruine. Dominé par ma passion pour
le vrai beau, comme par une idée fixe, je me
figurais parfois avoir autour de moi l'élite de la
Jeune France, et j'avais la hardiesse de lui faire
la harangue suivante :

« Dans les arts, quels qu'ils soient, le but
n'est pas de faire une illusion complète ; il y
faut renoncer. Aussi ce n'est pas l'illusion qui,
au théâtre, jette le spectateur dans l'enthousiasme, et lui arrache des cris d'admiration. A
part l'émotion qu'on éprouve, et qui est le premier but que l'auteur doit s'efforcer d'atteindre,
c'est l'art lui-même qu'on applaudit, et non la
représentation idéale et de pure convention
qu'il nous offre, et dont on n'est jamais com-
plètement dupe. En effet, une peinture, une

statue, ne nous illusionnent pas au point de
nous faire croire à la réalité de ce qu'elles re-
présentent, et nous y admirons seulement la
pensée, le dessin, le coloris ou le modelé mis
en œuvre par l'artiste. De même, dans une tragédie, nous ne demandons pas à être séduits
au point de croire que nous voyons Achille ou
Thésée ; nous ne voulons point être transportés
à Troie ou dans Argos ; nous ne voulons pas
croire que des événemens qui se sont passés en
vingt-quatre heures, ou dans un temps plus
long, vont se passer devant nous dans l'espace
de deux ou trois heures. Non, ce ne sont pas
des illusions de ce genre que nous allons chercher au théâtre ; nous allons y chercher d'abord
des émotions, puis ensuite admirer l'art qui a
présidé à une composition d'esprit. Or, plus il
y aura d'art, et par conséquent de difficultés
vaincues, plus l'esprit sera satisfait.

« Si donc nous voulons, dans un ouvrage
d'esprit, d'habiles combinaisons et des difficultés savamment surmontées, il est impossible de
mettre une composition dans laquelle on s'est
affranchi de toute règle, et conséquemment de
toute difficulté, sur la même ligne qu'une com-

position où l'art se fait admirer autant et plus
encore que le choix du sujet et les diverses situations qu'il amène.

« Sans discuter de nouveau sur l'importance
des règles théâtrales, sans répéter ce qui a été dit
tant de fois sur les *unités*, résumons la question,
en ce qui concerne leur avantage ou leur inutilité.

« Bien qu'il ne soit guère plus naturel de
voir représenter une seule action que deux
ou trois qui pourraient se passer en même
temps ; bien qu'il soit à peu près aussi difficile
de faire croire au spectateur que tous les événemens dont on le rend témoin aient eu lieu
dans l'espace de trois heures, que de lui persuader que plusieurs jours ou plusieurs mois
sont ainsi résumés devant lui ; bien qu'il soit,
enfin, tout aussi difficile de lui persuader qu'é-
tant dans une salle de spectacle, il est dans le
palais des rois ou sur la place publique, que de
lui faire croire qu'il passe successivement, quoi-
que immobile, d'un lieu dans un autre ; il n'est
pas moins constant que l'avantage, quelque
mince qu'il soit, sous le rapport de la vérité et
du naturel, se trouve du côté des *unités*. De
plus, il est indubitable que l'observation de ces

règles offre de grandes difficultés, qu'il n'y a
pas un médiocre mérite à les vaincre, et que
c'est faire sa part bien petite que de se passer,
dans un ouvrage d'esprit, de toutes les ressources de l'esprit.

« Quant au *style*, si, lorsque je vais à une
tragédie, je ne veux pas voir les choses telles
qu'elles se sont passées, mais telles qu'elles ont
pu se passer, je ne veux pas non plus entendre
les discours qui ont été tenus, mais ceux qui
ont pu être tenus. Si je recherchais uniquement
l'exactitude, l'histoire, supposé qu'elle fût
exacte, me suffirait ; et si elle ne l'était pas, ce
n'est pas au poète que j'irais demander de la
rectifier. La poésie, comme tous les arts, vit
de fictions ; j'ajouterai, si je puis parler ainsi,
qu'elle vit de choix. Nous voulons dans la poésie ce qu'il y a de mieux en pensées et en expressions ; comme nous voulons, dans la peinture, ce qu'il y a de mieux en formes et en
couleurs ; comme nous voulons, dans la musique, ce qu'il y a de mieux en mélodie et en
accords. De ce que, dans la nature, un niais,
un malotru, peuvent se trouver près d'un prince,
il ne s'ensuit pas que, dans la représentation

d'une action grave, importante, vous deviez les
accoler ensemble, surtout si le personnage bas
n'est pas nécessaire à l'action ; de ce qu'un
prince peut parler habituellement ou acciden-
tellement d'une manière triviale, il ne s'ensuit
pas que vous deviez, dans une œuvre tragique,
lui donner un langage sans élégance et sans no-
blesse ; enfin, de ce que l'on ne rencontre pas,
en un temps donné, et chez un même personnage, une suite non interrompue de pensées
grandes et élevées, il ne s'ensuit pas que vous
deviez renoncer à faire tous vos efforts pour
atteindre le sublime, ou, tout au moins, pour
vous tenir sans cesse à cette hauteur de pensée
qui exerce les plus nobles facultés de l'ame, et
fait seule naître l'enthousiasme. Si vous renoncez à toutes ces ressources, que voulez-vous
que j'aille faire à vos représentations ? Vous ne
prétendez pas me causer une illusion, dans le
sens rigoureux du mot, et vous en convenez
vous-mêmes ; vous détruisez par des trivialités
ou des puérilités les fortes impressions que
vous avez pu faire naître ; vous renoncez à sa-
tisfaire mon esprit par le choix des moyens et
par l'art à l'aide duquel on triomphe des diffi-

cultés ; dès lors vos ouvrages n'ont plus d'attrait, plus d'intérêt pour moi ; et si j'en excepte
quelques passages qui dénotent le talent, pour
ainsi dire, malgré vous, je n'y vois plus rien
qu'une source de dégoût.

« Peut-être, pour défendre vos conceptions
bizarres, direz-vous que leur représentation
n'ennuie pas, ce que je nie à l'égard d'un bon
nombre de scènes ; peut-être citerez-vous ce
vers échappé à un grand homme que vous es-
pérez cependant *enfoncer* aussi :

Tous les genres sont bons, hors le genre ennuyeux.

Mais, on sait que c'est là un vers dont on a
étrangement abusé ; et le simple bon sens dit
que ce n'est pas par le seul côté de l'amusement
que peut donner une représentation théâtrale,
qu'on doit juger une œuvre dramatique. Si une
tragédie m'amusait autant qu'une parade de
tréteaux, s'ensuit-il qu'elle serait une bonne
tragédie ?

« Ce n'est pas, au reste, que la raison et le
bon goût ne soient prêts (car il n'y a pas d'ultrà-
classiques) à faire des concessions aux ennemis
de certaines règles puisées dans le théâtre grec,

imposées par tous les législateurs de l'art dramatique, et religieusement observées par les
auteurs qui ont fait la gloire de la scène française. Il y a soixante ans et plus qu'il en est
question. Voltaire n'a-t-il pas applaudi à Corneille d'avoir fait conspirer Cinna ailleurs que
dans le cabinet d'Auguste, et n'a-t-il pas appelé
d'autres réformes plus ou moins importantes
dans les lois théâtrales? Mais, ne perdons pas
de vue qu'on ne doit sortir d'une route que
pour en prendre une meilleure, ou, tout au
moins, qui ne soit pas pire. L'unité et le res-
serrement d'action, s'il est permis de parler
ainsi, seront toujours d'une observation indispensable; et, si la raison permet de violer quelquefois les règles, pour le temps et le lieu, on
conviendra sans doute que c'est pour y gagner,
et non pour y perdre. Si, en s'astreignant à l'observation de ces règles, on se prive d'une res-
source dramatique, ou de la faculté de s'en servir d'une manière vraisemblable; si, au lieu de
développer aux yeux du spectateur une situa-
tion d'un haut intérêt, une scène importante
dans le sujet, l'auteur est obligé de s'en abste-
nir parce qu'elle se passe loin du lieu qu'il a

choisi, ou parce qu'elle est séparée par un trop long espace de temps de l'action principale, tout homme raisonnable pardonnera l'innovation qui le transportera en idée dans un autre lieu ou à une autre époque, bien que le mérite puisse n'être pas si grand sous le rapport des difficultés moindres que l'auteur aura à vaincre. Pourquoi pardonnera-t-on cette innovation ? Parce qu'on y trouvera des émotions, un intérêt dont on eût été privé si l'auteur ne fût pas sorti de la règle. Si donc un poète tragique me transporte du palais de Bajazet au camp d'Amurat (ce que Racine a cru ne pouvoir pas faire), je le pardonnerai, ou je m'en féliciterai même, parce que je serai témoin des fureurs de ce prince qui m'émouveront bien autrement que le récit qui m'en serait fait ailleurs. Mais si ce même poète, au lieu de tirer des beautés de la violation des règles, n'a d'autre dessein que de se mettre à l'aise ; si, au lieu du naturel qu'il promet en s'écartant du style noble convenable à la tragédie, il nous donne du trivial ; si, au lieu de l'intérêt puissant, des effets dramatiques que nous consentons à aller chercher avec lui à cent lieues de la scène primitive, il nous rend té-

moins d'événemens insignifians ou hors d'œuvre ; si, au lieu de développer des situations
fortes de plus en plus, et étroitement liées à
l'action, en nous promenant ainsi, il entrave et
refroidit cette action par des détails surabon-
dans et fastidieux, je le dis hautement : une
telle œuvre est indigne des regards du public,
et le premier Théâtre-Français doit la repousser malgré les éclairs de talent qui peuvent s'y
trouver, dans la crainte, surtout, que cent imitateurs plus inhabiles les uns que les autres ne
se précipitent dans la même voie, et ne nous
infectent de misérables productions propres à
perdre entièrement notre littérature. » (1)

Ceux que vous honorez du nom de classiques, ajoutais-je, ne tiennent donc pas obsti-
nément à l'observation de toutes les anciennes
règles théâtrales ; mais s'ils permettent qu'on se
dérobe quelquefois à leur rigueur, ils ne peuvent
souffrir que ce soit en pure perte, et surtout ils
ne sauraient tolérer qu'au mépris du précepte

______

(1) Examen critique d'*Olga*, 2ᵉ édition ; opuscule qui a
valu à son auteur vingt lettres honorables de membres de
l'Académie française, et la menace d'une réponse romantique.

qui défend de montrer Médée égorgeant ses enfans sur la scène, vous arriviez, à force d'amour
pour l'horreur et le sang, au point, qui le croi-
rait! de calomnier Néron, en le faisant présider
sous nos yeux à l'assassinat de sa mère.... L'histoire nous avait fait voir ce monstre ordonnant
le crime, mais non pas y participant de ses
mains ou de sa présence.

Telles étaient, Monsieur, mes opinions sur le
fond et sur la forme de l'art tragique, et je les
professais aussi franchement que celles que je
vous ai exposées, en général, sur la littérature
d'un ordre moins élevé. Je croyais que la raison
était une et immuable, et qu'elle devait présider
à tout ouvrage d'esprit, depuis le plus humble
jusqu'au plus sublime. Je croyais que le génie
même cesse d'être génie quand il veut se passer
de la raison ; non pas qu'il ne puisse se jeter,
s'il lui plaît, dans les conceptions les plus ex-
traordinaires ou les plus bizarres ; mais alors
même, selon moi, la raison devait le suivre
dans ses écarts, et lui fournir des images et des
expressions justes, qu'elles fussent, selon le sujet, belles ou hideuses, gracieuses ou terribles.

J'allais jusqu'à penser que vous-même deviez être enveloppé dans l'anathème que ma voix chétive avait la hardiesse de faire entendre ; je vous comparais, malgré les preuves incontestables de talent que vous avez données, au colosse aux pieds d'argile ; et je riais en voyant l'un de nos plus graves journaux (*l'Universel*) se demander sérieusement, avant l'apparition d'Hernani, « si vous entraîneriez ou n'entraîneriez pas le siècle, » imaginant, à part moi, que vous n'entraînerez que l'essaim de fous sérieux qui bourdonne autour de vous.

C'est principalement à ces fanatiques par calcul que je m'en prenais ; la *camaraderie* et ses honteuses manœuvres me causaient de véritables colères ; je ne pouvais m'empêcher de maudire ces iconoclastes d'un nouveau genre, ces littérateurs *vermiculaires* qui s'évertuent à ronger le piédestal d'immenses statues, espérant par là les faire diminuer de hauteur ; et, quand je les voyais s'efforcer d'arracher pièce à pièce le manteau de gloire qui couvre ces colosses, pour se fabriquer des habits d'une autre forme et plus à leur taille, je les assimilais, dans mon indignation, à cette *bande noire*, si justement décriée, qui démolit des palais pour construire avec leurs débris d'ignobles boutiques, de misérables échoppes. Mais..... je n'avais pas encore lu la Préface aux poésies de Dovalle !

———

Après l'aveu de torts si grands, il est naturel, Monsieur, que j'essaie de les faire oublier par les chaudes protestations d'un changement total. La lecture de la lumineuse Préface m'a tout à coup converti, et il ne fallait rien moins pour moi, qui, dans ce siècle où tout se régénère, attendais encore ma régénération. J'ai compris que mes vieilles admirations n'étaient plus de mise, et qu'il fallait remonter bien plus haut, ou redescendre bien plus bas, pour trouver les vrais modèles dignes des hommages universels. Les tragiques beautés de Corneille et de Racine, qui jettent l'ame dans une admiration toujours croissante, ou font couler des larmes que jamais le trivial et le burlesque ne viennent arrêter ; les pages sublimes où Buffon peint à grands traits les effroyables catastrophes qui ont changé la face du monde ; celles où Rousseau

a gravé en caractères de feu les impressions que
la solitude et la contemplation de la nature font
naître dans une imagination ardente ; celles où
des chantres divins, dans leurs vers aussi forts
qu'harmonieux, ont déroulé les mystères du
cœur ; tout cela me paraît aujourd'hui digne de
pitié. Châteaubriand lui-même, dont j'appris
dès mon enfance à chérir les écrits, comme la
source des émotions les plus profondes que
puisse éprouver une ame rêveuse et mélanco-
lique ; Châteaubriand, si entraînant dans les
images, si hasardé parfois dans l'expression,
n'a pas deviné cependant tout le sublime du
métier ; il n'est pas digne aujourd'hui de mar-
cher dans vos rangs ; et Lamartine, tout acadé-
micien qu'il est aussi, Lamartine, qui m'a fait
errer délicieusement dans le vague des cieux,
après m'avoir détaché du réel de la terre, ne
me semble mériter, tout au plus, qu'une lieu-
tenance dans l'armée du grand chef. On dit
cependant qu'il ambitionne des lauriers plus
éclatans, qu'il fraternise avec vous, qu'il ose
même traiter d'égal à égal ; c'est en considération
de ces favorables dispositions que je n'ai point
envoyé au nouvel élu de l'Académie une lettre

que m'écrivait peu de jours avant sa mort l'homme auquel il succédait, et dont il allait faire l'éloge. Il y aurait lu tout au long le passage suivant, qu'il semble avoir deviné, quand on considère la manière mesquine dont il a loué son prédécesseur : « *Les doctrines romantiques m'ont toujours paru une gageure. Je crois que ceux qui font semblant de les professer se moquent de ceux qui les combattent sérieusement. Cependant il est utile, s'il y a des dupes, que de bons esprits aient la charité de les avertir, etc.* » Voilà ce que m'écrivait l'honorable *comte Daru* (1), près d'entrer dans la tombe ; cela aurait pu embarrasser un peu son successeur dans son discours de réception ; mais je n'avais garde de lui jouer ce mauvais tour : c'est tout ce que j'aurais pu faire si j'eusse encore été au nombre de ces damnés classiques, que je renie à tout jamais.

Je crois fermement, dès ce jour, en Hugo, Sainte-Beuve et Musset ; j'ai surtout un faible pour ce dernier, qui me semble jouer dans cette affaire-ci le rôle du Saint-Esprit qui procède des deux autres. Quand je lis son éton-

(1) Lettre du 30 août 1829.

nante ballade à la lune, je trouve, sans parler
des autres comparaisons dont cet astre y est l'objet, telles que le *gros faucheux bien gras, sans
pates et sans bras*, je trouve, dis-je, qu'il faut
tomber en extase devant cette strophe unique :

> C'était, dans la nuit brune,
> Sur le clocher jauni,
>   La lune
> Comme un point sur un *i*.

Je suis assuré que dans aucune langue on ne
trouve de pareilles beautés littéraires. Il n'y avait
peut-être dans le monde qu'une seule image
qui fût digne d'entrer en parallèle avec cette
lune sur un clocher, comme un point sur un i;
c'est celle que présentait jadis la grande pyra-
mide de Memphis, lorsqu'au solstice d'été, le
soleil passant directement au-dessus de son som-
met gigantesque, apparaissait à la population
égyptienne, religieusement agenouillée à sa
base, comme le dieu régénérateur de la nature
entière, posant un moment sur ce magnifique
piédestal pour y recevoir les adorations des
peuples. Il est fâcheux que les romantiques ne se
soient pas encore emparés de cette idée; il y avait

là de quoi faire quelque chose de beau. Mais, consolons-nous, nous sommes bien assez riches; laissons ces malheureux classiques vivre et mourir dans leur pauvreté.

Quant à moi, me voilà enrôlé dans les *camarades*. Vive la *camaraderie!* en dépit de M. Delatouche qui faillit la tuer en la peignant d'après nature. Rien n'est plus doux que ce tendre échange de félicitations et de louanges, par lequel le dernier membre de l'association peut se persuader, à la longue, qu'il est une des célébrités de l'époque. Je veux aussi ma part de gloire; je veux, un de ces jours, faire une ballade de la même force que celle de M. Musset; mais, pour prix de mon dévouement, je prétends bien que mon portrait lithographié orne à son tour les quais et les passages; et si M. Deveria tarde trop à m'offrir le secours de son habile crayon, je suis capable de me lithographier moi-même.

Adulons-nous, congratulons-nous du matin au soir; mettons-nous à genoux les uns devant les autres, comme Oreste et Pylade dans la spirituelle parodie de Favart, et demandons-nous réciproquement pardon d'avoir tant de génie : cela chatouille l'ame et entretient la paix et le bonheur dont, il faut l'espérer, nous jouirons perpétuellement en famille. Pour le public, c'est autre chose : nous pourrons bien avoir avec lui des manières douces et modestes; mais, la plume à la main, prenons à son égard des airs plus cavaliers; sollicitons son admiration du ton dont les voleurs demandent l'aumône : étourdi d'abord par notre rogue assurance, il nous en accordera peut-être un peu, et ce sera toujours autant de gagné. Mais, s'il vient ensuite à reconnaître qu'il y a eu surprise, s'il se fâche et refuse net de nous tenir pour francs et beaux génies, comme nous ne pouvons raisonnablement espérer de dompter cette bête rétive, fussions-nous cent fois plus nombreux que les pléiades ou plutôt les nébuleuses qui nous servent d'emblème, il nous faut changer d'allure et adopter une autre tactique. Or donc, quand le public prendra la liberté de nous siffler, nos parens, nos amis, nos palefreniers pourront bien essayer de le morigéner ; mais, nous, nous lui ôterons gracieusement nos chapeaux, nous le remercierons de son accueil bienveillant, et le lendemain nous écrirons une préface pour témoigner plus au long notre reconnaissance et

dire que nous sommes vraiment confus des
honneurs qu'on a décernés à notre ouvrage.
Si nos romans cadavéreux, nos poésies satani-
ques, nos drames, mélodrames, dilogies, tri-
logies et cacologies excitent les quolibets des
journaux ou les huées du parterre, nous fein-
drons d'être sourds et aveugles, nous ferons
comme si le bruit d'aucun sifflet ou la pointe
d'aucune épigramme n'étaient arrivés jusqu'à
nous; nous enregistrerons effrontément un
succès à chaque chute; et cependant, pour
nous rendre intéressans, nous nous plaindrons
vaguement des persécutions d'une secte enne-
mie, nous, « hommes loyaux à qui l'on fait une
guerre déloyale, » nous, « jeunes hommes la-
borieux qui poursuivons paisiblement notre
œuvre de conscience. » De cette manière, ceux
qui ne verront que nos livres croiront sans
peine à nos triomphes, et ceux qui auront été
témoins de nos disgraces ne sauront plus s'ils
doivent en croire leurs yeux et leurs oreilles.

Courage donc : travaillons avec persévérance
au grand-œuvre, déjà si avancé. Tout nous
seconde, « à bien peu d'intelligences près (lesquelles s'éclaireront) : toute la jeunesse si forte

et si patiente d'aujourd'hui ; puis avec la jeunesse, et à sa tête, l'élite de la génération qui nous a précédés ; tous ces sages vieillards qui, après le premier moment de défiance et d'examen, ont reconnu que ce que font leurs fils est une conséquence de ce qu'ils ont fait eux-mêmes. » De vous à moi, il n'y a pas là-dedans un mot de vrai ; mais cela est toujours bon à dire, et encore meilleur à imprimer. En avant : le siècle est à nous ! « Qu'à une littérature de cour (comme il est encore dit dans notre loi nouvelle) succède une littérature de peuple. » « Dans les lettres, ni talons rouges, ni bonnets rouges.» C'est cela, le second membre de phrase fait passer le premier ; mais au fond cela signifie : liberté, égalité, ou la mort ; nivelle ment complet dans l'empire du génie ; et s'il reste encore dans cet empire quelques hommes d'une taille trop élevée, gare le lit de Procuste ; seulement, au lieu de les raccourcir par les pieds, nous les raccourcirons par la tête.

Voilà les principes régénérateurs que nous puisons avec joie dans la Préface aux poésies de Dovalle, devenue préface d'Hernani. Laissons les voltigeurs de l'ancien régime littéraire

se moquer ouvertement et d'Hernani et de
sa Préface. Laissons-les dire que ce mélo-
drame en versi-prose prouve, comme l'avait
déjà prouvé le Cromwell, que l'auteur n'est
pas d'étoffe à faire un poète tragique; que la donnée en est prise dans un poème de Prior (*Henry
and Emma*); que la belle mais trop longue
scène de Ruy de Silva avec les portraits de ses
ancêtres, est imitée d'une tragédie anglaise in-
titulée *Evadne;* que la catastrophe, à cela près
de l'invention du cor, est imitée de *Roméo et
Juliette*, de Shakespeare; que ce cor et le suicide
obligé qu'il amène est une conception fausse,
attendu qu'au seizième siècle le suicide était,
dans toute la chrétienté, un crime devant Dieu
et devant les hommes, et que l'honneur castil-
lan, ou tout autre honneur, ne pouvait l'emporter
ainsi sur ce profond sentiment religieux; que
la contexture de la pièce est aussi vicieuse que
la donnée principale, par l'invraisemblance des
événemens et par l'ignorance des ressorts scéni-
ques; que les détails n'y sont pas mieux étudiés
que l'ensemble; que, par exemple, il n'y avait
du temps de Charles-Quint d'autres *armoires*
que celles qui étaient destinées à renfermer

les *armes*, et qu'elles ne servaient pas à une garde-robe de femme; que don Carlos se conduit, d'un bout à l'autre de la première pièce ou *logie*, comme un drôle; qu'Hernani, qui parle sans cesse de sa qualité de bandit, de son poignard, de la soif qu'il a du sang de don Carlos, qui s'exprime enfin comme un furieux prêt à l'assassiner en toute rencontre, le tient deux ou trois fois en son pouvoir sans tenter seulement de se jeter sur lui, même au moment où le prince violente dona Sol; que cette dona Sol, toute Espagnole et toute passionnée qu'elle soit, se comporte comme il ne convient pas à une fille de haut rang, et en outre d'une manière opposée au naturel lorsque, voyant son enlèvement manqué, elle reste exposée à toutes les avanies, dans la rue, devant sa porte, au lieu de rentrer chez elle, sauf à se faire réenlever le lendemain; que Ruy de Sylva n'est qu'un Bartholo maladroit, etc., etc.; enfin, que le style, pour couronner l'œuvre, est barbare et ridicule, autant que l'action. Méprisons, dis-je, les discours de ces pauvres gens. Ils prétendent que tout cela est mauvais; moi, je prétends que cela est bon....; c'est bien plus fort!

Songeons, au lieu de répondre à de vaines clameurs, aux intérêts de notre état naissant. Malgré notre horreur pour les lois, il nous en faut, ne fût-ce que pour contredire celles que nous avons abolies. On n'avait pas encore pensé à ce point important, et je veux être le premier, dans la république qui vous reconnaît pour maître, à présenter un projet de *Charte romantique*, ou plutôt un *Code* (bien que ce mot sente d'une lieue la fade littérature de l'empire), indispensable dans toute société bien organisée. Ce Code, destiné à régir la *petite propriété littéraire*, autrement dite *romantique*, n'est encore qu'une ébauche informe ; de plus habiles mains sauront sans doute le rendre digne de la sanction générale.

CHARTE ROMANTIQUE

OU

CODE

DE LA PETITE PROPRIÉTÉ LITTÉRAIRE.

CHARTE ROMANTIQUE

OU

Code de la petite Propriété Littéraire

AUTREMENT DITE ROMANTIQUE.

TITRE PREMIER.

DES PERSONNES.

L'exercice des droits de la petite propriété littéraire, ou romantique, est indépendant de la qualité d'homme de bon sens; ces droits ne s'acquièrent et ne se conservent que conformément aux lois du romantisme.

(Observez bien, Monsieur, que cet article est calqué fidèlement, pour ce qui est de la forme, sur le premier article du Code civil que je suivrai, autant que possible, dans sa lumineuse classification, si je ne puis le suivre dans la

4

multiplicité de ses articles. Il est quelquefois utile, quoi qu'on en dise, de suivre les bons modèles.)

Sera reputé romantique tout *jeune Français,* de quinze à quarante ans, qui déclarera vouloir l'être, en se conformant aux dispositions suivantes :

Tout romantique, petit ou grand, gras ou maigre, brun ou blond, devra mourir perpétuellement de consomption, comme il convient « aux beaux et sombres génies »; ce qui ne l'empêchera pas de dîner aux Provenceaux, de courir bals et spectacles, et de jouir tant qu'il se pourra des joies de ce monde.

Tout romantique devra oublier, s'il a eu le malheur d'en faire, ses études classiques. Il parlera cependant des siècles de Periclès, d'Auguste, de Léon X et de Louis XIV, mais de manière à faire voir qu'il ne les connaît pas du tout.

Tout romantique cachera son ignorance, devant le public, sous un air grave et sérieux; il ne rira que lorsqu'il sera face à face avec un ou plusieurs *camarades*, comme autrefois les augures à Rome.

Tout romantique devra avoir une admiration sans borne pour ses propres œuvres et pour celles de ses amis. Il sera de toute nécessité que son nez soit à l'épreuve des coups d'encensoir; de manière que, dans les grandes occasions, ce soit plutôt l'encensoir qui se casse.

Tout romantique sera tenu de porter barbe à la *Ronsard*, excepté ceux à qui la barbe ne sera pas encore venue. Le reste du costume sera *ad libitum*; cependant la bizarrerie est recommandée comme chose bonne en soi, et en harmonie avec les principes du présent Code.

Tout romantique devra continuellement avoir quelque grossière injure à la bouche, pour en gratifier les hommes de génie qui ont illustré notre littérature; ou mieux encore, tenir en réserve quelque immondice, pour en barbouiller et salir, en toute rencontre, les images de ces grands hommes.

La qualité de romantique se perdra par le moindre acte littéraire où il y aura apparence de bon sens et de raison.

Contrairement à l'esprit des dispositions du Code civil (art. 22), les condamnations qui déclareront un romantique déchu de toute participation à la qualité d'homme de bon sens, loin d'emporter pour lui la mort littéraire, lui assureront une vie éternelle.

Tout bon romantique, pour l'accomplissement des devoirs compris dans les différentes sections du titre des *Personnes* (§ 5, 6, 7, 8, 10 et 11), devra contracter *mariage* avec l'extravagance, faire *divorce* avec la modestie, s'appliquer à la *procréation* de monstres, ne faire *adoption* que de productions étrangères à son pays, ne reconnaître aucune limite à l'*émancipation*, n'arriver jamais, malgré les ans, à l'âge de *majorité* ; enfin, mériter par toutes les folies possibles d'être mis en état d'*interdiction*.

TITRE DEUXIÈME.

DES BIENS.

Les *biens* de la petite propriété littéraire, autrement dite romantique, se composeront de
toutes les *pauvretés* imaginables.

TITRE TROISIÈME.

DES MANIÈRES DONT ON ACQUIERT CES BIENS.

Pour acquérir la qualité d'écrivain romantique, il faudra :

1° Ecrire ses pensées telles qu'elles naissent,
justes ou fausses, élevées ou triviales, cela étant
aussi naturel que de mettre au monde un enfant
beau ou laid, droit ou tortu.

2° Mépriser les mots, ou du moins ne faire
cas que de ceux qui, par un vernis d'antiquité
ou par une acception impropre, peuvent donner
un air original aux choses les plus communes.

3° Se moquer des règles de composition, pour quelque œuvre que ce puisse être, et, sans examiner si elles sont l'expression de la raison humaine, les renvoyer dédaigneusement à Aristote qu'on n'a point lu.

4° Pour ceux qui ont encore la faiblesse de s'occuper de poésie, ne conserver qu'un ordre numérique de syllabes à chaque ligne, supprimer la césure, éviter le repos et la chute du sens à la fin du vers, dissimuler la rime par des enjambemens, et surtout se garder d'un style pompeux ou seulement élevé, parce qu'il n'y a pas de raison pour que la poésie parle autrement que la prose.

5° Sous prétexte de fouiller dans le cœur humain, étude bien autrement intéressante que celle de la prose ou des vers, remuer la fange des cachots et des bagnes, et assortir les mots à la turpitude des choses.

6° Emprunter sans pudeur aux Allemands, aux Anglais, aux Espagnols, qui, comme la jeune et patriotique France l'a récemment découvert, nous sont bien supérieurs en littérature; emprunter aussi à nos vieux auteurs du seizième siècle, qui, comme on sait, sont tous des modèles de perfection, et borner ses efforts à imiter Ronsard, Dubartas, Dorat, Chapelain, Pradon, et surtout monsieur Saint-Amand.

7° Éviter comme la peste tout ce qui ressemble à cette pâle et froide littérature du siècle de Louis XIV, si judicieusement et si heureusement caractérisée par la moderne épithète de *courtisanesque ;* mais rechercher, par-dessus tout,

> Le burlesque,
> Le grotesque,
> L'absurdesque,
> Le trivialesque,
> Le tudesque,
> L'arabesque,
> Le barbaresque,
> Le gigantesque,
> Le satanesque;

enfin, ne faire cas que de *l'étrange* et aussi de

l'étranger, le tout pour montrer qu'on est émi-
nemment *original* et *national*.

Je suis loin de croire, Monsieur, que ce projet de Charte ou de Code, comme on voudra
l'appeler, soit une œuvre achevée. Je ne crois
pas non plus que, dans la lettre qui le précède,
j'aie dit tout ce que comportait le sujet ; mais,
vous le savez, on ne peut tout dire sans risquer
d'ennuyer. D'ailleurs, je n'avais pas même la
prétention de faire de ceci ce qu'on appelait
jadis un opuscule : mon but était uniquement
de publier des opinions qui peuvent n'être pas
sans utilité pour l'édification des fidèles et la
conversion des mécréans.

J'avoue aussi que j'étais d'abord fort éloigné de
mettre ma signature à cet écrit, craignant qu'on
ne m'accusât de vouloir me donner du relief en
accolant mon nom au vôtre dans une affaire où
il s'agit de la bonne cause : d'autres noms justement fameux, et liés avec celui que vous
portez par une gloire commune, sont plus que
suffisans pour assurer son triomphe. Mais un

scrupule m'est venu ; j'ai craint qu'avec un peu de malice on ne s'avisât de trouver dans tout ceci quelque peu d'ironie... Qui sait ? On a bien eu l'injustice de croire que Michelot en mettait dans le débit du magnifique soliloque de don Carlos devant le tombeau de Charlemagne ! On a bien cru que l'auteur même de ce soliloque s'était moqué du public en l'écrivant, que ses admirateurs s'en étaient moqués en l'applaudissant, certains journalistes en le préconisant..... En vérité, c'est à ne plus s'entendre.

Quoi qu'il en soit, la possibilité d'une telle supposition m'a fait changer d'avis ; il m'a semblé que, m'adressant à un homme dont le caractère, et aussi le talent, sont entourés d'estime, il ne m'était pas permis, dès lors qu'on pouvait soupçonner quelque hostilité dans mon épître, de rester caché dans l'ombre.

Toutefois, je prierais de remarquer, en ce cas, que les plaisanteries s'adresseraient non pas à une personne, mais à une secte dont les membres ne ménagent pas plus, dans leurs argumentations, les gloires littéraires de la France et ceux qui les respectent, qu'ils ne ménagent, dans leurs ouvrages, la raison et le bon goût. Mais, il ne s'agit pas ici de représailles.

Donc, tout en agissant à cet égard comme la loyauté le commande, je prétends bien repousser d'avance l'accusation d'ironie. Si tel eût été mon dessein, au lieu de raconter ce que pensent les autres, ou ce que j'ai pu penser moi-même dans un temps, j'aurais gardé tout mon sel pour assaisonner l'énoncé de mes opinions actuelles, et essayer de rendre mon discours plus piquant. J'aurais pu me permettre quelques épigrammes, au lieu de me borner à rapporter celles d'autrui; j'aurais pu chercher à ridiculiser aussi la nouvelle pléïade poétique, et présenter ceux qui la composent comme des Alcibiade d'une espèce nouvelle assez curieuse à observer. L'élégant Athénien, aurais-je pu dire, bien qu'il aimât passablement à occuper la renommée, coupait la queue à son chien afin de distraire l'attention de ses concitoyens, trop portés à s'occuper de ses faits et gestes; nos fashionables romantiques, tout en faisant de même, agissent dans des vues opposées; et, s'ils mutilent si horriblement leur chien, s'ils coupent tête et queue à leur génie, c'est précisément pour faire parler d'eux davantage.

Voilà le sens dans lequel j'aurais pu m'exprimer si j'avais voulu satiriser à mon tour; ou plutôt, prenant la chose sous son aspect sérieux, j'aurais alors déploré que des gens d'esprit fissent, par calcul, un usage si pitoyable des facultés que le ciel leur a départies; et, au lieu de me convertir à leur religion, j'aurais fait des vœux pour leur conversion à la mienne. Mais tel n'a pas été mon plan, comme on a pu le voir, et je pense qu'on sera convaincu, en me lisant, que je n'ai pu avoir sérieusement de telles intentions. La colère des poètes est redoutable. Tous vos sectateurs ne vous ressemblent pas entièrement, Monsieur, sous le rapport de l'urbanité, et j'eusse craint de m'attirer ce qu'annonce trop clairement la seconde partie de mon épigraphe.

C'est pour cette raison que je prie aussi qu'on ne mette pas sur mon compte la singulière inadverance de l'imprimeur qui, au titre du livre, a été placer un Apollon la tête en bas et les pieds en l'air. Chacun a assez de ses fautes ; et si cette bévue indispose quelque susceptibilité romantique, je demande qu'on s'en prenne à M. Gaultier-Laguionie, et non pas à moi ; d'autant plus que ce pourrait être une malice du prote.

J'ai l'honneur, etc.

Charres FARCY.

OUVRAGES NOUVEAUX

QUI SE TROUVENT CHEZ LES MÊMES LIBRAIRES.

L'IDÉE FIXE, par l'auteur des aventures de la fille d'un roi,
2 vol. in-8, papier vélin satiné.   10 fr.

Ce spirituel ouvrage qui vient à peine de paraître est à sa
deuxième édition.

CHANSONS AN CINNES ET INÉDITES DE J. P. DE BÉ-
RANGER, précédées d'une notice sur l'auteur, et d'un essai
sur ses poésies, par M. P.-F. Tissot, Nouvelle édition impri-
mée par Jules Didot; 3 vol. in-18. papier grand-raisin superfin.   13 fr. 50 c.

LES MÊMES, ornées de 46 viguettes et un portrait. 27 fr.

C'est la plus jolie édition qui ait été faite de notre poète national.

CHANSONS ET POÉSIES NATIONALES, par PIERRE
COLAU; 1 vol. in-18, papier fin satiné, orné d'une jolie
vignette et d'un titre gravé.   3 fr.

CONSEILS AUX JEUNES FILLES, par madame CAMPAN,
surintendante de la maison d'Ecouen, ouvrage couronné par
l'Académie française. Un vol. in-12. Papier fin satiné. 3 fr.

L'ENSEIGNEMENT UNIVERSEL, mis à la portée des pères
de famille, par H. A*** de B***, disciple de J. Jacotot.

Cet ouvrage, le plus clair qui ait paru sur ce sujet, renferme
une méthode simple et facile, au moyen de laquelle chacun
peut enseigner ou apprendre sans le secours d'aucun maître
toutes les langues mortes ou vivantes, le dessin, la musique, les

mathématiques , etc. L'ouvrage est divisé en trois parties, qui se vendent chacune séparément. 4 fr.

Les trois ensembl. 9 fr.

NOUVEAU DICTIONNAIRE LATIN-FRANÇAIS, comprenant tous les mots des différens âges de la langue latine, leurs sens propres et figurés, leurs étymologies et acceptions, justifiées par de nombreux exemples; contenant en outre les synonymes de chaque mot d'après GARDIN, et suivi d'un Dictionnaire de noms propres d'hommes, de peuples, de contrées, de villes, etc., tant anciens que modernes. Par M. ALFRED DE WAILLY, professeur de rhétorique au collége royal de Henri IV. Prix, relié en parchemin, 7 fr. 50 c.

LES MILLE ET UNE NUITS, contes arabes traduits par Galland ; nouvelle édition, augmentée de nouveaux contes inédits par MM. Destains et Charles Nodier. 6 vol. in-8, avec de forts jolies vignettes anglaises; prix 3o fr.

En Souscription.

OEUVRES COMPLÈTES DE BUFFON , avec un nouveau complément, par M. le baron Cuvier, 55 vol. in-18, grand papier vélin d'Annonay satiné, avec un atlas de 3oo planches en taille-douce.

Prix du volume. . . . . \ 75 c.

Du cahier de 5 planches noires 35

Id. id. coloriées. . . . . 75 c.

1o volumes sont en vente.

EXTRAIT
DU CATALOGUE
DES OUVRAGES DE FONDS.

———

APERÇU PHILOSOPHIQUE DES CONNAISSANCES HU-
MAINES AU XIXe SIÈCLE, par M. CHARLES FARCY.
Deuxième édition. Un fort volume in-18, prix   3 fr. 5o c.

AMOURS (les) DE PSYCHÉ ET DE CUPIDON, lithographiés
d'après les compositions de Raphaël ; édition ornée du roman
de La Fontaine. 1 vol. in-f° élégamment cartonné, épreuves
sur papier de Chine.   6o fr.

BARTHELEMY. — VOYAGE DU JEUNE ANACHARSIS
EN GRÈCE. 7 vol. in-8, avec figures et atlas.   36 fr.

BEAUMARCHAIS. — OEUVRES COMPLÈTES. 6 vol. in-8,
papier fin satiné avec figures.   3o fr.

BERNARDIN DE SAINT-PIERRE. — OEUVRES COMPLÈ-
TES ; nouvelle édition revue, corrigée et augmentée, par
L. Aimé-Martin. 12 vol. in-8 avec 28 figures.   6o fr.
Papier cavalier vélin, fig. avant la lettre.   8o fr.

— CORRESPONDANCE précédée d'un supplément aux Mémoires de sa vie par L. Aimé-Martin. 4 vol. in-8,   12 fr.

BERNIS (le cardinal de). — OEUVRES COMPLÈTES, nouvelle édition ornée de son portrait. 1 vol. in-8, papier d'Annonay satiné. Prix,   5 fr. 5o c.

BOILEAU.—OEUVRES COMPLÈTES, avec les notes de tous
les commentateurs. 4 volumes in-8, papier superfin d'Annonay satiné ; prix   20 fr.

Cette édition a été dirigée par M. Daunou, membre de l'Institut, qui a fait des OEuvres de Boileau l'objet des études d'une
partie de sa vie.

BOSSUET.—ORAISONS FUNÈBRES. 1 volume in-8, avec
portrait.   5 fr.

BUFFON.—OEUVRES COMPLÈTES, avec les descriptions
anatomiques de Daubenton ; nouvelle édition , commencée
par M. Lamouroux, professeur d'histoire naturelle, et continuée par M. A.-G. Desmarest, membre de l'Académie royale
de médecine, et professeur de zoologie.

Cette belle édition, plus complète que les précédentes , est en-
richie de l'Eloge de Buffon par . Vicq d'Azir , de celui de
Daubenton par M. Cuvier, de Tables analytiques, de Supplé-
mens, etc. 40 vol. in-8, et 36 livraisons de planches.

Prix du vol., papier fin satiné.   6 fr.
Liv. de planches, fig. noires.   3 fr.
     Id.   fig. coloriées.   8 fr.

BYRON (lord).—OEUVRES COMPLÈTES; sixième édition
précédée d'un Essai sur le génie et le caractère de lord Byron,
par Amédée Pichot, et d'une notice par M. Charles Nodier.
20 vol. in-18; papier cavalier vélin, avec figures.
Prix du volume.   3 fr.

CHAMPFORT.—OEUVRES COMPLÈTES. 5 volumes in-8 ,
papier fin satiné.   20 fr.

CHAULIEU ET LAFARE.—OEUVRES CHOISIES. 1 volume
in-8, avec portrait.   5 fr.

CHENIER (Marie-Joseph et André).—OEUVRES COMPLÈ-
TES ET INEDITES, revues corrigées, mises en ordre et pré-

cédées de notices historiques par MM. A.-V. Arnault de l'Institut, et Daunou de l'Académie française. 10 vol. in-8, pap. fin satiné, avec portrait et fac-simile.   5o fr.

COMEDIENS (des) et du CLERGÉ, par le baron d'Hénin de Cuvilliers. 1 gros vol. in 12. pap. fin satiné.   4 fr.

COOPER. — OEUVRES COMPLÈTES. 27 vol. in-18, papier Jésus vélin, ornés de vignettes, cartes et titres gravés. Prix de chaque volume   3 fr.

CORNEILLE (Pierre et Thomas).—OEUVRES COMPLÈTES, avec les commentaires de Voltaire et de La Harpe. 12 vol. in-8, pap. fin d'Annonay satiné, et portrait.   36 fr.

DESTOUCHES.—(OEUVRES DE). 6 vol. in-8, ornés de son portrait et de 12 fig. pap. fin satiné.   24 fr.

DICTIONNAIRE DE LA LANGUE FRANÇAISE, par Lanneau. 1 vol. in-32, papier vélin satiné.   2 fr.

DIDEROT. — OEUVRES COMPLÈTES ET INÉDITES , précédées des Mémoires sur sa vie et ses ouvrages , par J.-A. Naigeon. 22 vol. in-8 , ornés d'un beau portrait. Prix   8o fr.

DULAURE. — HISTOIRE PHYSIQUE, CIVILE ET MORALE des environs de Paris, depuis les premiers temps connus jusqu'à nos jours. 7 vol. in-8, avec beaucoup de figures et de paysages.   5o fr.

DUVAL (Alexandre) de l'Académie française. — OEUVRES COMPLÈTES. 9 vol. in-8 , avec portrait.   45 fr.

FLÉCHIER.—ORAISONS FUNÈBRES. 1 vol. in-8, avec portrait.   5 fr.

FONTENELLE.—OEUVRES COMPLÈTES. 5 vol. in-8 avec portrait.   20 fr.

GALISSET.—CORPS DU DROIT FRANÇAIS, ou Recueil complet des lois, décrets, ordonnances, etc., depuis 1789

jusqu'en 1825 inclusivement, avec des annotations. 2 vol.
in-8, en 75 livraisons, petit texte à deux colonnes.
Prix de chacune. 2 fr.

GAY (Mlle Delphine).—ESSAIS POÉTIQUES; 3' édition.
1 vol. in-8 et in-18. 3 fr.

— NOUVEAUX ESSAIS POÉTIQUES; papier satiné, 2° édit.
1 vol. in-18. 4 fr.

—LE DERNIER JOUR DE POMPÉI, poème suivi de Poésies
diverses. 1 vol. in-18, papier fin satiné. 4 fr.

GESSNER.—(OEUVRES DE); nouvelle édition ornée de 51
jolies figures. 4 vol. in-8, papier vélin. 30 fr.

GOLDSMITH.—HISTOIRE D'ANGLETERRE depuis Jules-
César jusqu'en 1760, et continuée jusqu'à nos jours. 6 vol.
in-8, satiné. 24 fr.

—LE MINISTRE DE WACKEFIELD, traduit par M. Hen-
nequin. 1 vol. in-8, papier satiné, avec un beau portrait. 5 fr.

GRIMM ET DIDEROT — CORRESPONDANCE LITTÉ-
RAIRE, PHILOSOPHIQUE ET CRITIQUE depuis 1753
jusqu'en 1790; nouvelle édition revue et mise dans un meilleur ordre, avec des notes et des éclaircissemens, et où se
trouvent rétablies, pour la première fois, les phrases suppri-
mées par la censure impériale. 16 vol. in-8, satinés.
Prix du volume 6 fr. 50 c.

HAMILTON.—OEUVRES COMPLÈTES.—2 gros vol. in-8,
avec portrait, papier fin satiné. 10 fr.

JUVENAL.—SATIRES, traduites en vers français, par Fabre de
Narbonne, professeur au collége de Sainte-Barbe, nouvelle
édition, texte en regard. 3 vol. in-8. 9 fr.

LABRUYÈRE. — CARACTÈRES ET MOEURS DE CE
SIÈCLE, suivis des Caractères de Théophraste. 2 vol. in-8
avec portrait. 6 fr.

LACÉPÈDE.—OEUVRES COMPLÈTES, nouvelle édition dirigée par M. Desmarest, membre de l'Académie royale de médecine et professeur de zoologie. 10 vol. in-8, papier fin satiné. Prix du volume   5 fr.

Livraison de 20 planches fig. noires.   3 fr.

      Id.   coloriées.   8 fr.

LA FONTAINE.—OEUVRES COMPLÈTES, avec les notes de tous les commentateurs, et des notices historiques sur chaque ouvrage. 6 vol. in-8, ornés d'un beau portrait.

Prix papier fin satiné.   24 fr.

Papier cavalier vélin.   30 fr.

—OEUVRES CHOISIES. 4 vol. in-8, avec portrait, papier fin satiné.   12 fr.

— GRAVURES POUR LES OEUVRES DE LA FONTAINE, au nombre de 147, exécutées d'après les dessins de Desenne, Dévéria, etc. Prix   30 fr.

LAHARPE.—COURS DE LITTÉRATURE ANCIENNE ET MODERNE. 18 volumes in-8, avec une introduction par M. Daunou, et beaucoup de morceaux inédits; édition plus complète que toutes les précédentes; prix   60 fr.

— OEUVRES DIVERSES; nouvelle édition, accompagnée d'une notice historique sur sa vie, par M. de Saint-Surin. 16 vol. in-8, avec de belles gravures.   48 fr.

MABLY. — OBSERVATIONS SUR L'HISTOIRE DE FRANCE; nouvelle édition revue par M. Guizot. 3 volumes in-8; prix   12 fr.

MALFILATRE. — OEUVRES CHOISIES. 1 vol. in-8, avec portrait.   4 fr.

MARSOLLIER. — OEUVRES CHOISIES, précédées d'une Notice sur sa vie et ses ouvrages, par madame la comtesse d'Hautpoult. 3 vol. in-8, papier fin satiné.   9 fr.

MAURY (Le cardinal). — ESSAIS SUR l'Éloquence de la Chaire, Panégyriques, Éloges et Discours. 2 vol. in-8 avec portrait. Prix   6 fr.

MÉMOIRES RELATIFS A LA RÉVOLUTION FRANÇAISE, avec des notes sur leurs auteurs et des éclaircissemens historiques, par MM. Berville et Barrière. 50 vol. in-8. Prix 150 fr.

MÉMOIRES SUR LA RÉVOLUTION FRANÇAISE, par Buzot, député de la Convention, précédés d'un précis sur sa vie et de recherches historiques sur les Girondins, par Guadet, 1 vol. in-8.   3 fr.

MÉMOIRES RELATIFS A LA RÉVOLUTION D'ANGLE-TERRE, accompagnés de notices et d'éclaircissemens, par M. Guizot, 25 vol. in-8.   75 fr.

MEMOIRES COMPLETS ET AUTHENTIQUES DU DUC DE SAINT-SIMON sur le règne de Louis XIV et la Régence, publiés pour la première fois sur le manuscrit original, par le marquis de Saint-Simon, son petit-fils. 20 vol. in-8. Prix du volume   7 fr.

MIRABEAU (OEUVRES DE), nouvelle édition. 9 vol. in-8, avec portraits et *fac simile*.   45 fr.

Cette belle édition de Mirabeau contient les *Lettres à Sophie*, l'*Essai sur le Despotisme*, les *Lettres de cachet*, les *Prisons d'état*, le *Cabinet de Berlin* et les *OEuvres oratoires*. Le premier volume est enrichi d'un Essai sur la vie et les ouvrages de Mirabeau, par M. Mérilhou, avocat.

MOLIÈRE. — OEUVRES COMPLÈTES, avec notes et commentaires, par M. Petitot. 6 vol. in-8, papier superfin satiné avec un beau portrait et 12 figures.   24 fr.

— LES MÊMES, avec un nouveau travail historique et littéraire, par M. J. Taschereau, 8 vol. in-8, papier d'Annonay satiné, et ornés d'un beau portrait.   40 fr.

MONTAIGNE. — LES ESSAIS, avec un nouveau commentaire, par Naigeon, suivis de la Sagesse par Pierre Charron; nouvelle édition, revue par M. Amaury Duval, de l'Académie des inscriptions. 9 volumes in-8, avec portraits.   36 fr.

MONTESQUIEU. — (OEUVRES DE); nouvelle édition, avec le commentaire du comte Destutt de Tracy, et les notes de tous les commentateurs. 8 vol. in-8, papier fin satiné. 3o fr. Papier cavalier vélin.   4o fr.

PARNY. — OEUVRES CHOISIES. 1 vol. in-8 avec portrait. Prix   4 fr.

PERRAULT. — OEUVRES CHOISIES, avec les Mémoires de l'auteur et des Recherches sur les Contes des Fées, par M. Collin de Plancy, édition ornée d'un beau portrait entouré de vignettes. 1 vol. in-8.   5 fr.

PIGAULT - LEBRUN. — OEUVRES COMPLÈTES. 2o gros vol. in-8, papier superfin satiné, avec portrait.   1oo fr.

PIÈCES AUTHENTIQUES SUR LE CAPTIF DE SAINTE-HÉLÈNE; Mémoires et documens écrits ou dictés par l'empereur Napoléon, suivis de Mémoires et de Lettres du comte Bertrand, du baron Gourgaud, du général Montholon, des docteurs Warden et O'Méara. 12 vol. in-8.   36 fr.

PLUTARQUE. — VIES DES HOMMES ILLUSTRES, traduites par J. Amyot. 12 vol. in-8. Papier satiné.   42 fr. Papier cavalier vélin.   72 fr.

— COLLECTION DE 4o PORTRAITS en taille-douce pour les Vies des Hommes Illustres.   2o fr.

QUINAULT. — OEUVRES CHOISIES. 2 volumes in-8 avec portrait.   12 fr.

RABAUT-St-ÉTIENNE. — (OEUVRES DE) nouvelle édition ornée de son portrait. 2 vol. in-8.   6 fr.

RACINE (Jean). — OEUVRES COMPLÈTES, avec les notes de tous les commentateurs et des études sur Racine, par feu

M. Aignan, de l'Académie Française, édition publiée sous la surveillance de M. Tissot. 6 vol. in-8.   3o fr.

RACINE (Louis).—OEUVRES POÉTIQUES. un fort vol. in-8, imprimé sur papier vélin. Prix,   5 fr.

Avec trois belles gravures.   6 fr.

REGNARD. — OEUVRES COMPLÈTES avec notes et variantes. 6 vol. in-8. Papier fin satiné. Prix,   2 1 fr.

ROUSSEAU (J.-J.). — OEUVRES COMPLÈTES , classées dans un nouvel ordre, avec des notes historiques et des éclaircissemens, par M. Musset-Pathay. 22 vol. in-8, papier superfin d'Annonay satiné. Cette édition est épuisée, il ne reste plus que quelques exemplaires.   15o fr.

— OEUVRES INÉDITES , suivies d'un supplément à l'histoire de sa vie et de ses ouvrages, par M. Musset-Pathay. 2 vol. in-8.

Le premier volume contient des pièces inédites de Rousseau avec des observations et des éclaircissemens. Plusieurs sont fort remarquables, et toutes offrent un double intérêt, soit par elles-mêmes, soit par celui qui les écrivit. Ce recueil est disposé de manière à pouvoir être joint à toutes les éditions in-8 du philosophe de Genève.   1o fr.

Papier cavalier vélin.   15 fr.

— TABLE GÉNÉRALE ANALYTIQUE POUR LES OEUVRES DE ROUSSEAU, disposée pour servir à toutes les éditions. 1 gros vol. in-8, à deux colonnes , petit-texte, orné d'un beau portrait.   12 fr.

— HISTOIRE DE SA VIE ET DE SES ÉCRITS , par M. V.-D. Musset-Pathay ; nouvelle édition. 1 volume in-8.   5 fr. 5o.

Id. cavalier vélin.   7 fr.

— LETTRE DE STANISLAS GIRARDIN sur la mort de J.-J. Rousseau, suivie de la réponse de M. Musset-Pathay. Brochure in-8, même caractère que le Rousseau.   2 fr.

— COLLECTION DE VIGNETTES POUR LES ŒUVRES DE ROUSSEAU, d'après les dessins de Devéria, au nombre de 42, formant 9 livraisons. Prix de la livraison. 3 fr.
Sur papier de Chine. 10 fr.

SÉGUR, (de l'Académie Française.)—ŒUVRES COMPLÈTES 36 vol. in-8, avec un beau portrait de l'auteur, un *fac simile* de son écriture, et deux atlas de 32 planches, gravés par Tardieu. Prix du volume, papier superfin satiné. 7 fr.

STERNE.— OEUVRES COMPLETES, traduites de l'anglais par une société de gens de lettres. 4 vol. in-8 avec figures. Prix, 20 fr.

SÉVIGNÉ (Mad. de). — LETTRES à sa famille et à ses amis. 12 vol. in-8, papier superfin d'Annonay, satiné avec portrait. 42 fr.

— LES MÊMES, édition publiée par M. Demonmerqué. 11 vol. in-8, avec portraits *fac simile* et gravures. 50 f.

— LES MÊMES, édition de M. Gault de St-Germain. 12 vol. in-8, papier d'Annonay, avec 25 portraits. 50 f.

TABLEAUX DE LA SAINTE-BIBLE, ou Loges de Raphaël, représentant 52 des principaux sujets de l'Ancien et du Nouveau Testament, peints par Raphaël et lithographiés par les meilleurs artistes. 1 volume in-folio, élégamment cartonné. Prix 60 f.

THÉATRE COMPLET DES GRECS, traduit par le père Brumoy, édition revue, corrigée et augmentée de la traduction des fragmens des poètes tragiques et comiques, par M. Raoul-Rochette, membre de l'Institut. 16 vol. in-8 avec figures, papier satiné. 40 f.

THÉATRE COMPLET DES LATINS, traduit par J.-B. Levée, ancien professeur de rhétorique, et par feu l'abbé Lemonnier, avec des dissertations, par MM. Amaury et Alexandre Duval.

de l'Académie Française. 15 vol. in-8, avec le texte en regard, papier vélin satiné. Prix. 40 f.

VOLTAIRE. — OEUVRES COMPLÈTES. 72 vol. in-8, imprimées en caractère neufs sur papier fin d'Annonay satiné, ornés d'une vue de Genève, d'un *fac simile*, et d'un très beau portrait. Prix du volume, papier ordinaire, 3 f.
Papier vélin, 5 f.

VOLNEY. — OEUVRES COMPLÈTES. 8 vol. in-8, avec portrait, figures et cartes. 45 f.

WALTER-SCOTT. — OEUVRES COMPLÈTES. 80 volumes in-18, papier jésus-vélin, ornés de 82 vues et vignettes, de 30 cartes géographiques, et d'une carte générale de l'Écosse. Prix de chaque livraison, de 3 volumes et 6 figures. 9 f.

YOUNG. — (LES NUITS D'), suivies des Méditations d'Hervey. 2 vol. in-8, papier superfin satiné, avec figures. 10 f.